AF451640

Prix de Tapisserie — *1868 (Janvier 10-11)*

Vente des 10 et 11 Janvier 1868.

OBJETS D'ART

TRÈS-BELLES

TAPISSERIES

DES

GOBELINS

Exposition publique le Jeudi 9 Janvier 1868.

Mᵉ CHARLES PILLET,	**M. CHARLES MANNHEIM,**
COMMISSAIRE-PRISEUR	EXPERT

1868

CATALOGUE

D'UNE IMPORTANTE RÉUNION

D'OBJETS D'ART

ET DE CURIOSITÉ

Belles Porcelaines anciennes, de Sèvres et de Saxe ;
Armes ; Belles Clefs en fer ;
Miniatures ; Orfévrerie ; Bijoux ; Sculptures en marbre, en bois et en ivoire ;
Bronzes d'ameublement ; Belles Glaces ;
Boiseries provenant d'un Salon Louis XV ; Panneaux sculptés du xvie siècle ;
Meubles des époques Louis XV et Louis XVI ;
MAGNIFIQUES TAPISSERIES DES GOBELINS ;
Beau Lustre en cristal de roche ;
Objets variés.

DONT LA VENTE AURA LIEU

HOTEL DROUOT, Salle N° 3

Les Vendredi 10 et Samedi 11 Janvier 1868

A DEUX HEURES PRÉCISES

Par le ministère de M⁰ **Charles PILLET**, Commissaire-Priseur,
11, rue de Choiseul,
Assisté de M. **Charles MANNHEIM**, Expert, rue Saint-Georges, 7

Chez lesquels se trouve le présent Catalogue.

EXPOSITION PUBLIQUE

Le Jeudi 9 Janvier 1868, de une heure à cinq heures.

CONDITIONS DE LA VENTE

Elle sera faite au comptant.

Les acquéreurs payeront *cinq pour cent* en sus des adjudications.

L'exposition mettant le public à même de se rendre compte de l'état des objets, il ne sera admis aucune réclamation une fois l'adjudication prononcée.

Nota : Les Tapisseries seront vendues le samedi 11 janvier, à quatre heureset demie.

0000. — Paris. imp. de Pillet fils aîné, rue des Grands-Augustins, 5.

DÉSIGNATION DES OBJETS

Tapisseries.

1 — Grande et très-belle **tapisserie de Gobelins**, rehaussée de parties tissées en fin.

Louis XIV, recevant une communication d'un cardinal; composition de quantité de figures grandeur nature, dans de riches costumes de l'époque.

La bordure fleurdelisée est ornée de festons de fleurs, du chiffre couronné du roi et du blason de France, surmonté de la couronne royale.

Cette tapisserie remarquable mesure 3 m. 70 cent. de haut., et 3 m. 20 cent. de larg.

2-7 — Suite de **six délicieux panneaux** en tapisserie des Gobelins, représentant des sujets mythologiques et champêtres, d'après les maîtres français du temps de Louis XV. Ils portent la signature de **Neilson**, ainsi que la date de **1778**.

Ces tapisseries sont remarquables par le charme de leur composition et surtout par leur belle conservation.

Nous ne saurions trop appeler l'attention des amateurs sur cet ensemble exceptionnel et rarissime.

Haut. environ, 2 m. 50 cent.; larg., 1 m. 35 cent. et 1 m. 50 cent.

Porcelaines de Sèvres

8 — Deux grands et magnifiques plats ovales à contours, en ancienne porcelaine de Sèvres, pâte tendre, décorés de fleurs; le bord fond bleu turquoise est rehaussé d'or et les extrémités découpées à jour sont réservées en blanc avec hachures d'or. Epoque Louis XV.

9 — Deux plats analogues à ceux qui précèdent, mais plus petits. Ceux-ci sont fracturés.

10 — Deux seaux petit modèle, en ancienne porcelaine de Sèvres, pâte tendre, décorés de bouquets de fleurs. Époque Louis XV. Lettre D.

11 — Seau analogue à ceux qui précèdent, un peu plus grand et rehaussé de hachures bleues.

12 — Écuelle avec plateau, mais sans couvercle, en ancienne porcelaine de Sèvres, pâte tendre, décor à quadrilles, œils de perdrix et palmes.

13 — Soucoupe en porcelaine de Sèvres, pâte dure, décorée de guirlandes de fleurs.

14 — Sucrier ovale en ancienne porcelaine de Sèvres, pâte tendre, décoré de roses et de pensées.

15 — Petit vase en ancienne porcelaine de Sèvres, pâte tendre, fond vert à œils de perdrix et médaillons de fleurs. Monture en bronze doré.

16 — Cabaret en ancienne porcelaine de Sèvres, fond bleu turquoise, à médaillons de fleurs et oiseaux. Belle qualité.

17 — Petit vase en ancienne porcelaine de Sèvres, pâte dure,
à médaillon représentant le portrait du duc de Savoie.

18 — Seau moyenne grandeur, en ancienne porcelaine de
Sèvres, pâte tendre, décoré de fleurs sur fond blanc.

19 — Seau petit modèle, de mêmes porcelaine et décor.

20 — Deux assiettes et un compotier en ancienne porcelaine
de Sèvres, pâte tendre, décorés de muguets et d'entrelacs.

21 — Petit plateau en ancienne porcelaine de Sèvres, pate
tendre, décoré de fleurs en camaïeu rouge.

22 — Petite tasse en ancienne porcelaine de Sèvres, pâte
tendre, bords verts et dessins à imbrications rouges.

23 — Écuelle en ancienne porcelaine de Sèvres, décorée de
fleurs et d'oiseaux sur fond blanc.

24 — Tasse et soucoupe en ancienne porcelaine de Sèvres, à
bandes bleues semées de roses.

25 — Deux jolies tasses avec soucoupes en ancienne porcelaine
de Sèvres, pâte tendre, décorées de fleurs en camaïeu
bleu. Époque Louis XV.

26 — Tasse en ancienne porcelaine de Sèvres, forme droite à
rubans et festons de lauriers.

27 — Petit sucrier en ancienne porcelaine de Sèvres, fond
bleu et décor d'or.

28 — Glacière en vieux Sèvres, pâte tendre, décorée de rubans bleus.

29 — Lot de plaques de Sèvres, pâte tendre, de diverses
formes et non décorées.

30 — Deux jolies jardinières de forme contournée, en ancienne porcelaine de Sèvres, pâte tendre, fond blanc et jetés de fleurs polychrômes. Époque Louis XV.

31 — Petite tasse, forme droite, en ancienne porcelaine de Sèvres, pâte tendre, fond bleu turquoise à médaillons, imitant l'agate herborisée et festons de fleurs.

32 — Petite tasse de même forme, fond blanc à palmes vertes, myosotis et œils de perdrix roses.

33 — Petite tasse, forme droite en ancienne porcelaine de Sèvres, pâte tendre, fond vert d'eau à bandes jaspées de bleu et décor d'or.

34 — Petit pot à pommade en ancienne porcelaine de Sèvres, pâte tendre, fond vert pomme et médaillons de fleurs.

35 — Grande et belle tasse, forme droite, en ancienne porcelaine de Sèvres, pâte tendre, décorée de paysages et d'oiseaux. Époque Louis XV.

36 — Grande tasse, forme droite de même porcelaine, décorée de fleurs sur fond blanc.

37 — Trois tasses, modèle cul de poule en ancienne porcelaine de Sèvres, pâte tendre, décorées de fleurs.

38 — Deux tasses, forme litron, en ancienne porcelaine de Sèvres, pâte tendre, fond blanc et fleurs.

39 — Tasse en ancienne porcelaine de Sèvres, pâte dure, fond bleu ampois à arabesques en camaïeu rouge.

Porcelaines de Saxe èt autres

40 — Très-beau cabaret en ancienne porcelaine de Saxe,
décoré de médaillons de personnages et de paysages avec
entre-deux à imbrications rouges et dentelles d'or. Il se
compose de deux tasses hautes et deux tasses basses avec
soucoupes, une théière, un pot à crême, un sucrier, une
boîte à thé, un plateau à sucre et deux cuillers. Dans son
étui du temps.

41 — Grande et belle écuelle avec plateau à quatre lobes, en
ancienne porcelaine de Saxe, décorée de figures dans le
style de Watteau et rehaussée d'ornements d'or; très-belle
qualité. Époque Louis XV.

42 — Autre grande et belle écuelle ronde à deux anses et
avec plateau, en ancienne porcelaine de Saxe, fond lie
de vin et médaillons de paysages avec figures. Le bouton
du couvercle est formé par un citron avec branches et
boutons.

43 — Six grandes et très-belles tasses de forme haute avec
soucoupes, en ancienne porcelaine de Saxe à cygnes et
autres volatiles gaufrés en relief. Le bord supérieur est
décoré de fleurs et porte une armoirie; anses à branchages
garnies de fleurettes en relief. Qualité exceptionnelle,
modèle très-rare.

44 — Tasse en ancienne porcelaine de Saxe, à pans, fond
jaune et à fleurs.

45 — Tasse en ancienne porcelaine de Berlin, décorée de
vues de Berlin très-finement peintes sur fond rouge et
brun.

46 — Joli vase en ancien biscuit de Wedgwood , à figures et ornements réservés en blanc sur fond bleu et à anses enrichies de serpents enroulés.

47 — Deux socles de forme carrée, de même porcelaine et de décor analogue.

48 — Joli cabaret en ancienne porcelaine de Saxe, décoré de sujets Watteau et dentelles d'or. Il se compose d'une théière, d'un bol, d'un sucrier, d'un pot à crême et de quatre tasses avec soucoupes. Une de ces dernières est dépareillée. Belle qualité.

49 — Petit plateau de forme contournée et à deux anses, accompagné de cinq petites tasses en ancienne porcelaine de Saxe, décorée de fleurs de style chinois.

50 — Douze couteaux de table, à manches en porcelaine de Saxe, décorés d'oiseaux et de fleurs et à lames d'acier.

51 — Douze couteaux à dessert analogues à ceux qui précèdent, mais à lames d'argent.

52 — Douze plateaux ronds en porcelaine de Saxe gaufrée et à bords festonnés dorés ; ils sont décorés de bouquets de fleurs.

53 — Quatre plateaux ronds en porcelaine de Saxe gaufrée, en forme de rosace et décors rouge et or.

54 — Groupe composé de deux figurines en ancienne porcelaine de Saxe, montées sur socle rocaille en bronze doré et vase en porcelaine, décoré et garni de bouquets de fleurs.

55 — Dix assiettes, six tasses avec soucoupes, un sucrier et un bol en ancienne porcelaine de Saxe, à décor de fleurs en camaïeu bleu et fond d'or.

56 — Douze tasses avec soucoupes en porcelaine de l'Inde,
décorées de fleurs.

57 — Sucrier, bol, boîte à thé, quatre tasses et cinq soucoupes
en ancienne porcelaine de l'Inde, décorés de rosaces et
de fleurs.

58 — Dix-huit pots à crème en Wedgwood, émaillé blanc et
deux assiettes en porcelaine de Locré.

Armes et Fers

59 — Jolie clef en fer à tête composée d'oiseaux et d'ornements ciselés et découpés à jour, XVIIᵉ siècle.

60 — Autre clef en fer, à tête composée d'ornemenfs découpés
à jour. Même époque.

61—64. — Épées, pistolets, Clefs d'arquebuses, Pulverins,
etc., de diverses époques. Ce lot sera divisé.

65 — Deux serrures gothiques à ornements découpés à
jour.

66 — Grand bouclier allemand en fer forgé, et gravé à
figures de guerriers combattant et blason.

67 — Couteau de chasse à poignée et garniture du fourreau
en bronze doré. Belle lame en damas noir.

68 — Poignard à poignée en bronze oxidé formé d'un sque-
lette, fourreau gravé et lame javanaise damassée.

69 — Trousse dont la gaine est ornée d'une figure de guerrier soutenant un écusson armorié; la poignée du couteau

est formée d'une figure de guerrier debout et les couteaux et fourchettes ont des manches formés d'aigles debout. Travail dans le style da la Renaissance.

70 — Marteau de porte espagnol à plaque ornée de balustres et portant la date de 1583. Le heurtoir est formé de deux chimères.

71 — Grande serrure du temps de Louis XIII, en fer gravé et découpé à jour. Elle est accompagnée de ses verrous et charnières. La clef découpée à jour est surmontée d'une couronne de comte.

72 — Serrure de coffre espagnol en fer découpé à jour et doré, accompagnée de verrous de même travail.

73 — Trois clefs anciennes portant des couronnes gravées, et briquet espagnol formé d'un lion couronné.

74 — Sept pièces diverses en papier mâché.

Armes orientales

75 — Sabre persan à lame courbe, en damas noir; poignée et garniture de fourreau en fer damasquiné d'or. Il est accompagné d'un ceinturon.

76 — Grand couteau oriental à poignée curieuse, à tête d'aigle en fer. La lame, gravée, porte une inscription.

77 — Grand éperon oriental en fer forgé.

78 — Amorçoir oriental en fer noir conservant des traces de dorure.

79 — Couteau abyssinien à fourreau en peau de crocodile et accompagné de son épilloir.

80 — Fer de lance oriental à branches en forme de feuilles, enrichi d'incrustations en argent.

81 — Hache d'armes en fer damasquiné en or et hampe garnie en velours. Travail oriental.

82 — Marteau d'armes de travail analogue.

83 — Masse d'armes de même travail.

84 — Deux haches d'armes de forme différente, en fer damasquiné d'argent. Hampes en velours rouge.

85 — Masse d'armes de même travail ; la hampe est garnie de velours bleu.

Objets variés

86 — Deux très-belles feuilles de manuscrit sur vélin, ornées de miniatures et enrichies de belles bordures enluminées.

Ces feuilles proviennent d'un manuscrit grand in-f° de la fin du xv° siècle, et sont placées dans des cadres en bois noir à moulures guillochées.

87 — Plaques en faïence de Castelli représentant divers sujets. Elles seront vendues par lots.

88 — Deux flambeaux en bronze, travail japonais.

89 — Deux petites tasses avec soucoupes en cuivre émaillé, fond jaune et décorées en couleurs. Travail chinois.

90 — Petit tableau sur cuivre attribué à *Paul Bril*. Intérieur de ferme.

91 — Petit tableau sur bois signé *F. Van Mieris*. Un buveur.

92 — Feuille de Manuscrit ornée d'une miniature finement peinte. XVe siècle; dans un cadre à moulures plaqué en écaille.

93 — Miniature ronde sur ivoire. Portrait de femme en costume Louis XVI.

94 — Miniature ovale sur papier. Portrait de l'Empereur Napoléon Ier.

95 — Bas-relief en plâtre d'après Clodion; nymphes et enfants.

96 — Grande Croix de procession en cuivre repoussé enrichie de petits médaillons peints sur émail à fond bleu. XVe siècle.

97 — Beau vase antique en verre à deux anses reliant la gorge à la panse sphérique du vase. Belle conservation.

98 — Petite coupe à lobes en argent ciselé à fleurs et ornements. Travail chinois.

99 — Cobelet en argent repoussé à bossages et enrichi d'ornements gravés. Ouvrage Allemand du temps de Louis XIII.

100 — Plaque en cuivre champlevé et émaillé à reserves dorées; elle est décorée de rosaces à fond bleu. Ouvrage de Limoges au XIIIe siècle.

101 — Deux tasses en porcelaine de Saxe avec plateau et galeries en argent repoussé.

102 — Deux pièces en bronze : médaillon ovale représentant la Vierge et l'enfant Jésus et Héron tenant un serpent.

103 — Coupe ronde en argent doré montée sur piedouche
à nœud, l'intérieur de la coupe gravé au trait représente
l'Annonciation aux bergers. Cette pièce porte un mono-
gramme. xviie siècle,

104 — Curieux cadran solaire en cuivre doré, dout le revers
porte gravé en creux diverses planches des chants de Sa-
lomon en allemand.

105 — Quatres petits panneaux peints sur bois représentant
des sujets de chasse.

106 — Curieux manuscrit espagnol, sur velin; titres de no-
blesse des célèbres familles RAMOS, OTERO, GARCIA et SAN-
CHEY DE ANDRADE. Il est soigneusement écrit et rehaussé
d'un grand nombre d'initiales ornées et de blasons. Cou-
verture en velours cramoisi et étui.

187 — Applique de vase en bronze doré en partie formée d'un
dragon. Travail japonais.

108 — Trompe de chasse en ivoire sculpté portant les blasons
de Saxe et de Pologne.

109 — Trousse en cuir gravé et gaufré à fleurons et animaux
fantastiques. xve siècle.

110 — Plaque espagnole en ivoire sculpté représentant la
Fuite en Egypte.

111 — Peigne en ivoire sculpté à figures et ornements et re-
percé à jour. Travail indien.

112 — Deux miniatures sur ivoire; portraits de femme et de
jeune homme.

113 — Jolie petite cuillère en ivoire sculpté : le manche présente deux figures debout sur un motif d'ornements découpés à jour. Bon travail flamand du xvie siècle,

114 — Boîte à jeux en ivoire finement sculpté et découpé à jour, représentant des figures mythologiques et des allégories diverses.

115 — Encrier en ancienne faïence de Perse décoré de fleurs. Qualité rare.

116 — Petite caisse en ancien laque du Japon, avec monture en bronze et garnie d'une branche de fleurs en vieux Sèvres.

117 — Coffret garni en cuir, portant des chiffres et des ornements dorés au fer. Il a conservé ses ferrures du temps. XVIe siècle.

118 — Portrait de femme en costume du XVIe siècle et de l'école de Clouet, dit Janet; dessin rehaussé, cadre en bois sculpté.

119 — Coupe ronde en bronze conservant de traces de dorure et ornée de figurines en relief sur un fond composé d'arabesques décorees à jour. Travail chinois très-ancien.

120 — Bénitier en bronze orné de figurines d'anges et de saint personnage. Italie, XVIIe siècle.

121 — Eventail Louis XV en nacre de perle, sculpté, rehaussé d'or et feuille peinte représentant un sujet allégorique.

Les montants ont été refaits en argent doré à feuillages émaillés verts et pierreries.

122 — Plaque d'ivoire sculptée représentant le triomphe de la Vierge. Travail moderne.

123 — Petite coupe en jade blanc de forme antique reposant sur trois-pieds et à anse prise dans la masse.

154 — Figurine de Diane assise en agate à plusieurs couches;
près d'elle est un chien couché.

125 — Petite boîte ronde en jade blanc; le dessus est orné
d'un dragon gravé.

126-128 — Sept boutons japonais en ivoire finement sculpté et
représentant divers sujets. Ce lot sera divisé.

129 — Boite carrée de forme basse, sans couvercle, en bois
noir, en richie d'incrustations de nacre de perle et garnie
en argent gravé. Travail chinois.

Sculptures

130 — Grande et belle coupe de forme carrée, en marbre
jaune antique, sculptée à moulures et canaux creux, et
montée sur un piédestal élevé.

131 — Joli buste de Faune, grandeur nature, en marbre blanc
sculpté.

132 — Bas-relief de forme cintrée en ivoire; la Vierge assise,
tenant son divin fils assis sur ses genoux. XVIIe siècle.

133 — Médaillon ovale en ivoire sculpté en bas-relief; la
Vierge vue à mi-corps, allaitant l'enfant Jésus. Dans un
cadre ovale à moulures en ivoire. Même époque.

134 — Custode en bois sculpté, présentant dans son pourtour
les diverses scènes de la passion sous des arceaux de style
ogival. Cette pièce porte des inscriptions. Travail du
Liban.

135 — Groupe en terre cuite, portant la signature de Clodion. Bacchante et deux enfants satyres. Socle en cuivre doré à moulures.

136 — Deux bustes de femmes, grandeur nature, en marbre blanc. Ils portent la signature de P. Juramy,

Lustre en cristal de roche et Bronzes d'ameublement

137 — Grand et beau lustre en cristal de roche, à vingt-quatre lumières, richement garni de pendeloques, de poires et de pièces d'enfilage.

138 — Grande et belle pendule de style Louis XVI, avec figures en bronze doré au mat, représentant les sciences et enrichie d'attributs finement ciselés. Socle en marbre vert de mer.

139 — Deux forts flambeaux en bronze doré, du temps de Louis XVI, modèle à cannelures.

140 — Grand et très-beau buste de Vitellius en bronze florentin du XVI siècle; avec chlamyde en bronze doré. Grandeur nature.

141 — Jolie pendule de style Louis XVI, ornée d'un vase de forme ovoïde en porcelaine de Sèvres, pâte tendre, fond gros bleu, monté en bronze doré et reposant sur un socle carré en bronze ciselé et doré, orné de têtes de béliers et garni de plaques de porcelaine tendre, fond gros bleu et médaillons de fleurs.

142 — Deux grands candélabres, style Louis XVI, formés de vases ovoïdes en marbre blanc, garnis en bronze doré au mat et à cinq branches de lys porte-lumières.

143 — Deux candélabres Louis XVI à figures d'enfants bronzées et bouquets de lys à quatre lumières en bronze; socles en marbre blanc et bronze doré.

144 — Petite pendule Louis XVI en bronze finement ciselé et doré au mat; modèle connu sous le nom de : *la pleureuse d'oiseau*. Socle en marbre blanc garni de bronze doré.

145 — Deux figurines d'amour en bronze doré.

146 — Lot de figures et de divers pièces en bronze.

147 — Deux girandoles de style Louis XIV, en bronze doré, ornées de sphinx et à six branches porte-lumières.

148 — Deux grands bras-appliques en cuivre jaune à rinceaux. Modèle flamand.

149 — Deux petits bras, modèle rocaille à deux lumières en bronze.

Meubles

150 — Pendule en marqueterie des trois parties, forme dite religieuse à colonnes détachées.

151 — Deux grandes glaces de forme carrée à biseaux, à bordures en glace et surmontées de frontons enrichies d'appliques en cuivre repoussé et doré. Style Louis XIII.

152 — Deux autres glaces avec cadres à compartiments et frontons, en bois sculpté et doré. Époque Louis XV.

153 — Meuble en marqueterie de bois, à trois corps superposés et avec horloge dans la partie supérieure.

154 — Bureau surmonté d'un casier à tiroirs et d'une horloge. Le tout laqué or sur fond noir, à l'imitation des laques du Japon. Époque Louis XV.

155 — Meuble à deux corps, en marqueterie de bois à fleurs. La partie supérieure du meuble forme vitrine et la partie inférieure est garnie de tiroirs. Travail flamand.

156 — Cheminée monumentale en bois peint et rehaussé d'or. XVIIe siècle.

157 — Panneaux, colonnettes, montants, etc., en bois sculpté, provenant de meubles du XVIe siècle. Ce lot sera divisé.

161 — Grand bahut ou coffre en bois sculpté; XVIe siècle.

162 — Devant de coffre en bois sculpté, à ornements gothiques; XVe siècle.

163 — Grande stalle à dossier élevé, en bois sculpté; XVIe siècle.

164 — Petit cabinet en bois noir, enrichi d'incrustations.

165 — Deux grands fauteuils, modèle Louis XIII, garnis en cuir.

166 — Cabinet espagnol dont les tiroirs plaqués d'écaille sont enrichis d'encadrement d'ivoire gravé. La porte centrale présente la figure équestre du Cid campador. La partie supérieure du meuble est garnie d'une galerie en cuivre doré, découpé à jour.

167 — Coffre vénitien, enrichi d'incrustations d'ivoire. Le dessus présente un damier et des ornements; et l'intérieur décoré de même est garni de tiroirs.

168 — Escabeau en bois sculpté, peint en noir, rehaussé d'or
et enrichi d'incrustations d'agate et de cornaline. Il présente au revers le buste de Frédéric II, électeur de Saxe,
ainsi que ses armoiries.

169 — Cadre italien en bois sculpté et doré, découpé à
jour.

170 — Petit cadre carré en bois noir, à moulures guillochées.

171 — Six jolies chaises en bois d'amaranthe, finement sculpté et découpé à jour, garnies d'étoffe de soie, fond vert et
fleurs en couleurs. Style Louis XVI. Elles sont accompa-
gnées de leurs housses.

172 — Grand et beau coffre de mariage sur une table sup-
port, en marqueterie de cuivre sur écaille rouge, pre-
mière partie, garni de bronze doré ; le coffre est surmonté de figurines.

173 — Secrétaire à porte à abbattant, en vieux laque du Japon, fond noir à décor en relief, et garni de bronze doré.
Dessus de marbre blanc.

174 — Coffret en marqueterie de Boule, cuivre, étain et écaille
Travail ancien.

175 — Jolie petite table en marquetetrie de cuivre, écaille et
étain, de forme contournée, reposant sur quatre pieds et
entre jambes ; le dessus est enrichi au centre d'un plateau
en écaille incrustée d'argent et la pièce est garnie d'ornements en bronze doré. Style Louis XIV.

176 — Régulateur Louis XVI en acajou ; mouvement de Janvier et cadran de Cotteau.

177 — Régulateur de cheminée en bois d'acajou, surmonté

d'une sphère émaillée. Le cadran porte le nom de F. Berthoud.

178 — Petite Pendule de forme contournée, plaquée en écaille et garnie d'ornements en bronze doré. Époque Louis XV.

179 — Grande Glace avec cadre de style Louis XVI, en bois sculpté et doré, orné de festons de fleurs.

180 — Bureau à X du temps de Louis XIII, en marqueterie des trois parties.

181 — Boiserie de salon du temps de Louis XV, en bois sculpté, peint en blanc, rehaussé d'or et accompagnée de dessus de portes décorés de peintures à l'huile de l'école de Boucher.

182 — Coffret Louis XIII, en marqueterie de bois.

183 — Petit Fauteuil de voyage ayant appartenu dit-on au roi de Rome.

184 — Régulateur en bois de placage garni de bronzes. Époque Louis XV.

185 — Cabinet en bois d'ébène enrichi d'incrustations d'ivoire.

186 — On vendra sous ce numéro les objets omis.

www.ingramcontent.com/pod-product-compliance
Lightning Source LLC
LaVergne TN
LVHW012152170726
843503LV00009B/4119